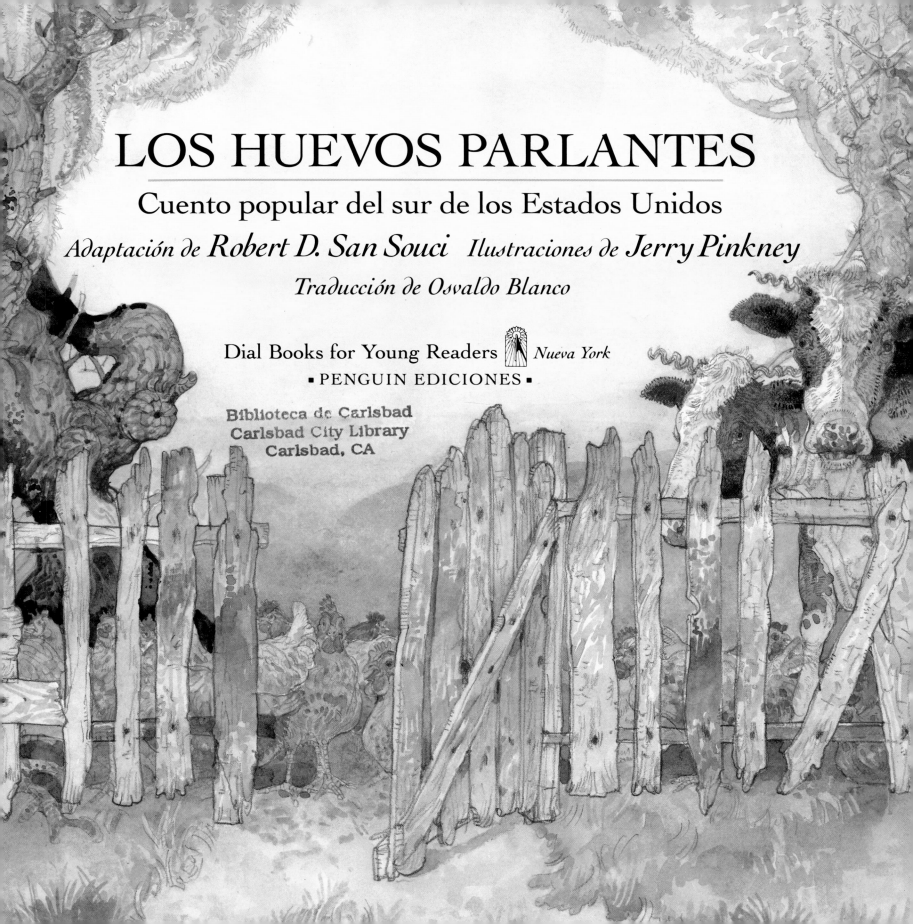

LOS HUEVOS PARLANTES

Cuento popular del sur de los Estados Unidos

Adaptación de **Robert D. San Souci**   *Ilustraciones de* **Jerry Pinkney**

Traducción de Osvaldo Blanco

Dial Books for Young Readers *Nueva York*

• PENGUIN EDICIONES •

Publicado por Dial Books for Young Readers | Penguin Ediciones
Divisiones de Penguin Books USA Inc.
375 Hudson Street
Nueva York, Nueva York 10014

Library of Congress Cataloging in Publication Data
San Souci, Robert D. | [Talking eggs. Spanish]
Los huevos parlantes : cuento popular del sur de los Estados Unidos |
adaptación de Robert D. San Souci ; ilustraciones de Jerry Pinkney.
p.   cm.
Summary | A Southern folktale in which kind Blanche,
following the instructions of an old witch, gains riches, while her
greedy sister makes fun of the old woman and is duly rewarded.
ISBN 0-8037-1991-4
[1. Folklore—United States. 2. Spanish language materials.]
I. Pinkney, Jerry, ill. II. Blanco, Osvaldo. III. Title.
[PZ74.1.S23 1996]   398.2'0975'02—dc20   95-22751   CIP   AC

Edición en inglés disponible en Dial Books for Young Readers.

*Las ilustraciones a todo color se prepararon con lápiz, lápices de colores
y acuarela; se hizo luego la selección de color y la reproducción en rojo,
azul, amarillo y medios tonos de negro.*

Los huevos parlantes ha sido adaptado de un cuento popular criollo incluido originalmente en una colección de cuentos de Luisiana por la folklorista Alcee Fortier y publicados a fines del siglo diecinueve. Esta historia parece tener sus raíces en los cuentos de hadas populares de Europa, probablemente traídos a Luisiana por emigrantes franceses. Ciertas variantes de este cuento, con matices dialécticos de *cajun* o de *gullah*, indican que gradualmente se extendió en forma oral a otras regiones del sur de los Estados Unidos.
R.S.S.

En otros tiempos existió una viuda con dos hijas llamadas Rosa y Blanca. Las tres vivían en una granja tan pobre que parecía el colmo de la mala suerte. Para sobrevivir, criaban algunas gallinas y cultivaban habichuelas y un poco de algodón.

Rosa, la hermana mayor, era voluntariosa y mala, y no sabía distinguir entre habichuelas y huevos de aves. Blanca era amable y buena, y la mar de lista. Pero la preferida de la madre era Rosa, porque las dos parecían cortadas por la misma tijera: malhumoradas, de lengua viperina, y siempre dándose aires de reinas.

La madre obligaba a Blanca a hacer todo el trabajo de la casa. Blanca tenía que planchar la ropa cada mañana con una vieja plancha llena de carbones ardiendo, cortar el algodón por la tarde, y desvainar las habichuelas para la cena. Mientras ella se ocupaba en estos quehaceres, su mamá y su hermana se sentaban juntas en las mecedoras a la sombra del porche, abanicándose y hablando tontamente acerca de riquezas y de mudarse a la ciudad, donde irían a bailes de etiqueta luciendo vestidos de cola y muchas joyas.

Un día de mucho calor la madre envió a Blanca al pozo a buscar un cubo de agua. Allí, la niña se encontró con una anciana envuelta en un andrajoso mantón negro, a punto de desmayarse del calor.

—Por favor, niña, dame un poquito de agua —dijo la anciana—. Estoy muriéndome de sed.

—Sí, tiíta —dijo Blanca, enjuagando el cubo y sacando un poco de agua clara y fresca del pozo—. Beba usted cuanto desee.

—Gracias, niña —dijo la anciana después de haber tomado varios sorbos de agua—. Tienes alma de hacer el bien. Que Dios te bendiga.

Entonces se alejó por el sendero que se internaba en el bosque.

Cuando Blanca regresó a la cabaña, su madre y su hermana le gritaron por haber tardado tanto.

—Esta agua está muy caliente, casi hirviendo —protestó Rosa, y vació el cubo en el porche.

—Tu pobre hermana está muriéndose por un poco de agua fresca —gritó su madre— y no eres capaz de traerle una cosa tan simple.

Las dos regañaron a Blanca y le pegaron hasta que la niña, asustada, escapó al bosque. Allí empezó a llorar, porque no sabía adonde ir, y tenía miedo de volver a casa.

De repente, por un recodo del sendero apareció la anciana del raído mantón negro. Al ver a Blanca, le preguntó afectuosamente:

—¿Por qué lloras así, pobre niña?

—Mi mamá y mi hermana Rosa me pegaron por algo que yo no tuve la culpa —dijo Blanca, frotándose las mejillas para secarse las lágrimas—. Y ahora tengo miedo de volver a casa.

—¡Shh! Calla, niña. Deja de llorar. Ven conmigo a mi casa. Te daré algo de comer y una cama limpia. Pero tienes que prometerme que no te vas a reír de lo que veas.

Blanca le dio su palabra de honor que no se iba a reír. Entonces la anciana la tomó de la mano y la condujo hacia la espesura del bosque. A medida que avanzaban por la estrecha senda, los arbustos y las ramas de los árboles se apartaban ante ellas y volvían a cerrarse por detrás.

Pronto llegaron a la destartalada choza de la anciana. Una vaca con dos cabezas y cuernos como sacacorchos miró sobre la cerca a Blanca y rebuznó como una mula. Blanca pensó que era una visión bastante extraña, pero no dijo nada, no queriendo herir los sentimientos de la anciana.

Luego, en el corral en frente de la cabaña, vio muchas gallinas y todas de distintos colores. Algunas saltaban en una sola pata; otras, andaban en tres o cuatro patas y aun más. Aquellas gallinas no cacareaban, sino que cantaban como sinsontes. Pero, a pesar de las cosas raras que veía, Blanca cumplió su promesa de no reírse.

Cuando entraron en la cabaña, la anciana le dijo:

—Enciende el fuego, niña, y prepara algo para cenar.

Blanca salió entonces por la puerta trasera y trajo leña del montón que había apilado afuera. La anciana, mientras tanto, se sentó junto a la chimenea y se quitó la cabeza, colocándola en su regazo como si fuera una calabaza. Primero, alisó el pelo canoso; luego, se hizo dos largas trenzas. Blanca se asustó mucho al ver aquello, pero como la mujer había sido tan buena con ella, siguió con la tarea de encender el fuego.

Después de un rato, la anciana volvió a ponerse la cabeza sobre los hombros y se contempló en un trozo de espejo clavado en la pared de la cabaña.

—¡Hum, hummm! —murmuró, asintiendo—. Así está mejor.

Seguidamente le dio a Blanca un pequeño hueso y le dijo:

—Echa esto en la olla para la cena.

Blanca estaba hambrienta y aquel hueso parecía muy poca comida para las dos, pero hizo lo que la anciana le dijo y preguntó:

—¿Lo hago hervir para sopa, tiíta?

—¡Mira la olla, niña! —dijo la anciana, riéndose.

La olla estaba llena, borboteando con un espeso guiso.

Después, la mujer le dio a Blanca un grano de arroz y le pidió que lo moliera en el mortero de piedra. Sintiéndose como una tonta, Blanca comenzó a machacar el grano con la pesada mano del mortero. En un momento el mortero se desbordaba de arroz.

Cuando terminaron de cenar, la anciana dijo:

—Es una hermosa noche de luna, niña. Ven conmigo.

Se sentaron en los escalones del porche trasero. Al rato, docenas de conejos comenzaron a salir de la maleza y formaron un círculo en el patio. Todos los conejos vestían levita y las conejas llevaban vestido largo de cola. Parados sobre sus patas traseras, bailaban y brincaban. Un conejo grande tocaba el banjo y la anciana lo acompañaba tarareando.

Blanca seguía el compás batiendo las palmas. Los conejos bailaron una contradanza, un baile folklórico y hasta una danza africana. La niña se sentía tan feliz que no quería marcharse. Estuvo sentada batiendo las palmas hasta que se quedó dormida, y la anciana tuvo que llevarla adentro y acostarla.

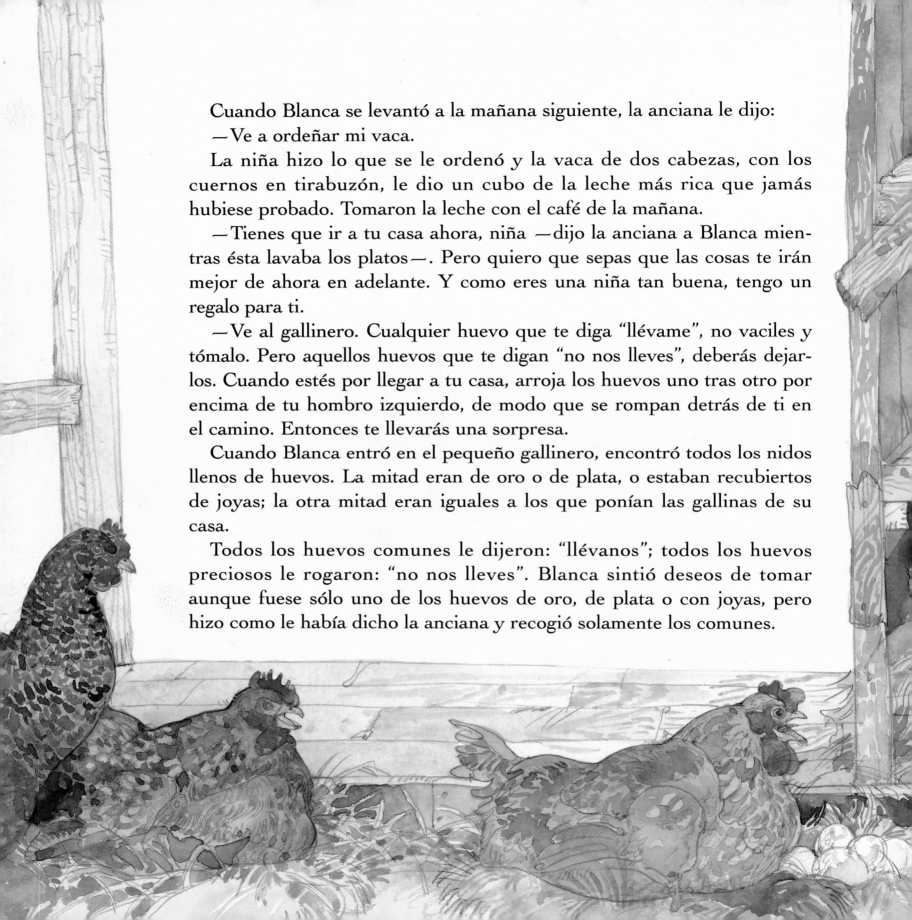

Cuando Blanca se levantó a la mañana siguiente, la anciana le dijo:

—Ve a ordeñar mi vaca.

La niña hizo lo que se le ordenó y la vaca de dos cabezas, con los cuernos en tirabuzón, le dio un cubo de la leche más rica que jamás hubiese probado. Tomaron la leche con el café de la mañana.

—Tienes que ir a tu casa ahora, niña —dijo la anciana a Blanca mientras ésta lavaba los platos—. Pero quiero que sepas que las cosas te irán mejor de ahora en adelante. Y como eres una niña tan buena, tengo un regalo para ti.

—Ve al gallinero. Cualquier huevo que te diga "llévame", no vaciles y tómalo. Pero aquellos huevos que te digan "no nos lleves", deberás dejarlos. Cuando estés por llegar a tu casa, arroja los huevos uno tras otro por encima de tu hombro izquierdo, de modo que se rompan detrás de ti en el camino. Entonces te llevarás una sorpresa.

Cuando Blanca entró en el pequeño gallinero, encontró todos los nidos llenos de huevos. La mitad eran de oro o de plata, o estaban recubiertos de joyas; la otra mitad eran iguales a los que ponían las gallinas de su casa.

Todos los huevos comunes le dijeron: "llévanos"; todos los huevos preciosos le rogaron: "no nos lleves". Blanca sintió deseos de tomar aunque fuese sólo uno de los huevos de oro, de plata o con joyas, pero hizo como le había dicho la anciana y recogió solamente los comunes.

Blanca y la anciana se despidieron, y la niña se puso en camino. Poco antes de llegar a su casa empezó a arrojar los huevos, uno a la vez, por encima de su hombro izquierdo. Las cosas más maravillosas surgieron entonces de aquellos huevos: diamantes, rubíes, monedas de oro y plata, preciosos vestidos de seda y finos zapatos de raso. Incluso apareció un lujoso carruaje y un elegante pony, de color blanco y marrón, que tiraba de él.

Blanca cargó todos los tesoros en el carruaje y viajó el resto del camino hasta su casa como una gran dama.

Cuando llegó a la cabaña, su madre y su hermana se quedaron con la boca abierta al verla con tantas galas.

—¿Dónde conseguiste todas estas cosas? —preguntó su madre, mientras mandaba a Rosa que ayudara a Blanca a llevar los tesoros adentro.

Esa noche, por primera vez desde que Blanca fue lo bastante grande como para sostener una sartén, la madre preparó la cena. Mientras que la madre no dejaba de repetirle a Blanca lo dulce y buena hija que era, consiguió que ésta le contara todo acerca de la anciana, la cabaña del bosque, y los huevos parlantes.

Una vez que Blanca se durmió, la madre le dijo a Rosa:

—Mañana por la mañana tienes que ir al bosque y encontrar a esa vieja. Entonces buscarás algunos de esos huevos parlantes para ti, así podrás tener joyas y bonitos vestidos como tu hermana. Cuando vuelvas, ahuyentaré a Blanca y me quedaré con sus cosas. Entonces nos iremos a la ciudad a vivir como distinguidas damas, como nos corresponde.

—¿No podemos echarla esta noche? Así no tendré que andar por el bosque buscando a una vieja loca —gimoteó Rosa.

—No hay suficiente para las dos —contestó la madre, enojada—. No seas tan terca y haz lo que te digo.

Así, a la mañana siguiente, Rosa partió de mala gana hacia el bosque. Caminaba muy despacio, pero no tardó en encontrar a la anciana con el raído mantón negro.

—Mi buena hermanita Blanca me contó que usted tiene una casa muy bonita —dijo Rosa—. Me encantaría verla.

—Puedes venir conmigo, si quieres —dijo la anciana—. Pero tienes que prometerme que no vas a reírte de lo que veas.

—Lo juro —dijo Rosa.

Entonces la anciana la condujo entre los arbustos y los árboles hasta lo más profundo del bosque.

Pero cuando se acercaron a la cabaña y Rosa vio la vaca de dos cabezas que rebuznaba como una mula y las pintorescas gallinas que cantaban como sinsontes, la niña exclamó:

—¡Nunca he visto algo más ridículo! ¡Es la cosa más estúpida del mundo! —Y comenzó a reírse tanto que casi se cae al suelo.

—Hummm —murmuró la anciana, moviendo la cabeza.

Una vez dentro de la casa, Rosa se quejó cuando le pidieron que encendiera el fuego y terminó haciendo más humo que llama. Cuando la anciana le dio un pequeño hueso para que lo echara en la olla para la cena, Rosa contestó de mal humor:

—Con esto tendremos una cena miserable —y a continuación dejó caer el hueso en la olla, pero éste no se transformó en un rico guiso y sólo lograron tomar sopa aguada.

Luego, cuando la anciana le dio un grano de arroz para moler en el mortero, Rosa dijo:

—¡Ese granito no alcanza ni para alimentar una mosca! —y no se molestó en usar la mano del mortero, de modo que no comieron arroz.

—¡Hum, hummm! —murmuró la anciana.

Rosa se fue a la cama con hambre. Toda la noche estuvo oyendo arañazos de ratones por debajo del piso y de lechuzas en la ventana.

Por la mañana, la anciana le pidió que ordeñara la vaca. Rosa así lo hizo, pero se burló del animal de dos cabezas y todo lo que consiguió fue un poco de leche agria que no servía para beber. Y tuvieron que tomar el café sin leche.

Cuando la anciana se quitó la cabeza de los hombros para cepillarse el pelo, Rosa, rápida como una centella, agarró la cabeza y le dijo:

—¡No le devolveré la cabeza hasta que me dé regalos como los de mi hermana!

—¡Ay, niña, eres muy mala! —dijo la cabeza de la anciana—, pero necesito unirme a mi cuerpo, así que te diré lo que debes hacer. Ve al gallinero y toma los huevos que digan "llévanos", pero deja aquellos que digan "no nos lleves". Luego, arroja los huevos elegidos por encima de tu hombro derecho, en el camino a tu casa.

Para asegurarse de que la anciana no fuera a engañarla, Rosa dejó la cabeza de la anciana afuera en el porche, mientras que el resto de su cuerpo permanecía inquieto dentro de la cabaña. Entonces corrió al gallinero, donde encontró los huevos comunes que clamaban "llévanos" y todos los de oro, plata, y los recubiertos de joyas, que decían "no nos lleves".

—¿Creen ustedes que soy tan tonta como para hacerles caso y dejar los más bonitos? ¡Ni soñarlo!

Entonces agarró todos los huevos de oro y de plata, y los recubiertos de joyas, que seguían gritando: "¡no nos lleves!", y corrió hacia el bosque con ellos.

Tan pronto como la cabaña de la anciana estuvo fuera de su vista, comenzó a arrojar los huevos rápidamente por encima del hombro derecho. Pero de las cáscaras salieron culebras, sapos, ranas, nubes de avispas, y un enorme y viejo lobo gris que comenzaron a perseguirla como cerdos tras de una calabaza.

Gritando como enloquecida, Rosa corrió todo el camino hasta su casa. Cuando la madre vio la multitud de insectos y animales que perseguía a su hija, trató de rescatarla con una escoba. Pero nada podía contener las avispas, el lobo y todos los demás animales, de modo que madre e hija tuvieron que refugiarse en el bosque perseguidas por aquellas criaturas endemoniadas.

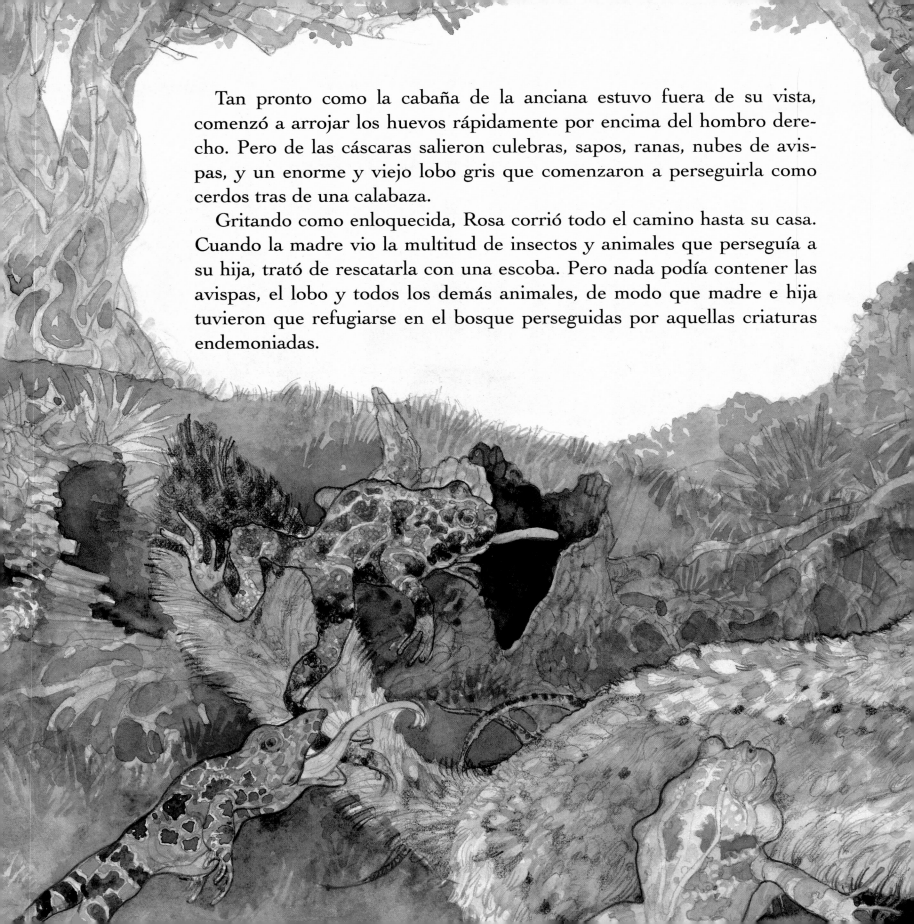

Cuando lograron volver a su casa, hambrientas, doloridas, llenas de picaduras y cubiertas de barro, encontraron que Blanca se había marchado a la ciudad a vivir como una gran dama... aunque continuó siendo tan buena y generosa como siempre.

Rosa y su madre pasaron el resto de sus vidas tratando de encontrar la misteriosa cabaña de la anciana, y los huevos parlantes, pero nunca más lograron dar con ellos.